AF299190

ADVIS

A MONSIEVR MENAGE,

SVR SON EGLOGVE

INTITVLE'E

CHRISTINE.

Auec vn remerciment à Monsieur Costar.

A PARIS,

Chez GVILLAVME DE LVYNES, Libraire
Iuré au Palais, dans la Salle des Merciers,
à la Iustice.

———

M. DC LVI.
Auec Priuilege du Roy.

PREFACE.

QVAND des COSTARS & des
MENAGES
S'erigent en Grands Perſonnages,
Et font les petis Souuerains ;
PAVQVET a beau frapper des mains,
Et GIRAVT les traiter d'Oracle ,
La Caballe crier miracle !
Quand meſme ils ſeroient plus ſuiuis ,
Toûjours quelque DONNEVR D'ADVIS
Vient par des routes inconnuës
Immortaliſer leurs Béueuës.

ADVIS

A MONSIEVR
MENAGE,
SVR SON EGLOGVE
INTITVLE'E
CHRISTINE.

ONSIEVR,

Puisque vous auez fait profession toute
voſtre vie de cenſurer les Ouurages d'autrui; & que les pieces les plus acheuées qui
ayent paru en nos jours, n'ont pas eſté à

A ij

l'eſpreuue de la vehemence de voſtre Criti-
que : il me ſemble que vous ne ſçauriez trouuer mauuais, qu'on examine celles que vous
donnez au public, & qu'on s'employe à vn
genre d'eſcrire, que vous auez rendu illuſtre
par voſtre exemple.   Ce n'eſt pas, à vous
dire vray, que i'aye grande inclination à reprendre les autres; peu de perſonnes y ont
naturellement plus d'auerſion que moy.
l'auois penſé iuſques icy, que cét amuſement
eſtoit demeuré en partage aux gens de Colle-
ge : mais comme i'ay toûjours preferé vos
ſentimens aux miens, i'ay creu que la haine
que i'auois conceuë contre cette ſorte d'oc-
cupation n'eſtoit pas raiſonnable; & qu'elle
pouuoit bien eſtre l'exercice d'vn honneſte-
homme, puiſque vous en faiſiez voſtre prin-
cipale eſtude.

Ie vous diray donc franchement, que
le Tiltre de voſtre Eglogue ne me ſemble
pas bien iuſte ; ie ne voy point de raiſon,
qui vous ait pluſtoſt obligé à l'intituler
CHRISTINE, que MENALQVE.
Car outre que MENALQVE en eſt le
principal perſonnage, il s'agit particuliere-
ment de ſon depart ; & il y eſt pour le
moins autant loüé que la Reine de Suede.

Mais cela eſt peu de choſe ; la Piece ne laiſſe pas d'eſtre parfaitement belle, les penſées en ſont hautes & nobles, les Vers pompeux & magnifiques, & plus meſme, ce ſemble, que cette ſorte de Poëſie ne le permet. Sans mẽtir, ie ne puis conceuoir par quelle fatalité il eſt arriué, que les Eglogues & les Idylles qui s'e-ſtoient monſtrez dans leur commencement, ſi ſimples & ſi modeſtes, ſoient deuenus ſuper-bes ; & ie m'eſtonne comment ces belles Ber-geres, qui ſe contentoient autrefois de leurs Cabannes & de leurs Houlettes, habitent maintenant les Palais, & ſoient parées des plus riches & des plus ſomptueux ornemens des Heroïnes. Ie n'euſſe iamais creu que le luxe & la vanité deuſſent aller iuſques à elles,

   Dedit hanc contagio labem,
Et dabit in plures.

Iuuenal Satyre.
I

Il eſt à craindre doreſnauant que les Vire-lais & les Rondeaux n'en veuillent faire de meſ-me, & que cela ne cauſe vn bouleuerſement eſtrange dans l'Empire de la Poëſie.

 C'eſt auſſi, Monſieur, ce qui a donné lieu à quelques perſonnes de reprendre voſtre ſtile, & de s'oppoſer genereuſement à l'eſta-bliſſement d'vne choſe de ſi dangereuſe con-ſequence. Car enfin, raillerie à part, vous

* *Donat in vita Virgil.* Illud tenendum esse dicimus, in Bucolicis Virgilij, neque nusquam, neque vbique, aliquid figurate dici, hoc est per Allegoriam. Vix enim propter laudem Cæsaris & amissos agros, hæc Virgilio conceduntur Quũ Theocritus quem hic noster toto studio imitari conatur *simpliciter* omnino conscripserit &c

* *Servius in Bucolic Virg* Qualitas huius carminis est *humilis* character Tres enim characteres, humilis, medius, grandi-loquus, quos omnes in hoc inuenimus Poeta Nam in Æneide grandi loquum habet, in Georgicis medium, in Bucolicis *humilé,* pro qualitate negotiorum, & personarum Nam *persona hic sunt* rustica, simplicitate gaudentes, scilicet a quibus nihil altum debet

sçauez mieux que moy, que le veritable caractere des Eglogues doit estre simple. C'est l'opinion de Donat, * de Seruius * & de la pluspart des anciens Grammairiens. En effet les anciens Poëtes Grecs & Latins qui se sont addonnez à ce genre de Poësie, ont ordinairement obserué cette Maxime. Il est vray qu'elle n'a pas esté si vniuersellement gardée, qu'elle n'ait esté violée par quelques-vns ; & l'on voit mesme dans Theocrite des vers d'Homere tous entiers , & le Τὸν δ' ἀπαμειϐόμϑνος y est en quelque endroit. Mais cela se fait toûjours auec moderation ; & quand Virgile s'est exempté de cette regle, outre que les Maistres y ont trouué à dire, dans ses Eglogues qui sont les plus esleuées, comme dans sa Quatriesme, dans sa Sixiesme & dans sa Dixiesme, il y paroist toûjours vne certaine mediocrité : & si vous voulez prendre la peine de les conferer auec l'Eneide, vous verrez qu'il n'y a point de comparaison. Cela estant , il faut que vous auoüiez que vous auez manqué en ce poinct, & que l'on n'en peut pas dire autant de la vostre ; parce qu'elle est aussi enflée que les *Pharsales* & les *Thébaïdes.*

Et, ce qui est encore à remarquer, elle est purement dramatique, & vous y introdui-

fez feulement deux Pafteurs. Or i'en ay
remarqué peu de cette forte dans l'Antiquité, requiri &c Vi-
qui ne foient d'vn ftile mediocre ; & fi ie de Item *Iulium,*
ne me trompe , ce font Celles où vne feu- *Pompon Sabin.*
le perfonne eft introduite , & Celles où le *Probum Gram-*
Poëte parle , qui font d'vn caractere plus *maticum , Dio-*
efleué. Par exemple dans celle que vous *medem & alios*
auez citée, *Sicelides Muſa paulo maiora ca-* *Donat in vita*
namus , *&c.* il n'y a que le Poëte qui parle; *Virgil* Bucolicæ
mefmes ce n'eft pas tant vne Eglogue, qu'vn dici non debent
Poëme fur la naiſſance du fils d'Afinius *Pollio , Silenus ,*
Pollio ; & ainfi il ne faut pas que vous *& Gallus*
en tiriez vne confequence. I'ay encore ob-
ferué dans les anciens Poëtes Grecs, que les
plus cours Idylles font d'ordinaire les meil-
leurs , tefmoin celui de Mofchus , intitulé
l'Amour fugitif, qui eft vne des plus belles Ἔρως δρα-
pieces de l'antiquité. Et c'eft ce qui me fait πετης.
croire, que voftre Eglogue eft vn peu trop
longue ; parce que la plufpart de celles de
Theocrite, de Mofchus, de Bion & de Virgile
ne paſſent guere cent cinquante vers. Il eft
vray que celle de Theocrite, intitulée *Hercu-* Ἡρακλεῖς
le Dŏteur de Lyon, eft de plus de deux cĕt qua- λευτοφορος.
tre vingt vers; mais puis qu'elle eft vnique , il
ne faut pas en faire vne regle. Mefmes vous
ne pouuez defnier que la voftre ne foit en-

core plus longue : car elle eſt de prés de trois
cent vingt vers. Ie ſçay bien que quelques
Poëtes des derniers Siecles ſe ſont diſpenſez
de ces regles, & qu'ils ont fait des Eglogues &
des Idylles d'vn ſtile fort ſublime, & de plus
de cinq cent vers. Mais ie ſçay bien auſſi qu'il
ſeroit honteux à des perſonnes comme vous,
qui marchent ſur les pas des Theocrites &
des Virgiles, de s'arreſter à ces exemples.

Quoy qu'il en ſoit, Monſieur, toutes ces
choſes ſont preſque arbitraires ; & ſi on
peut vous accuſer en ce poinct, vous deuez
auoir au moins cette conſolation, que ce
ſont des fautes illuſtres, & qui partent d'vne
grande Ame. Mais comme dans vos Poëſies
Latines, on y reconnoiſt Catulle, Tibulle,
Properce, Ouide, Virgile & tous les autres : il arriue la meſme choſe en voſtre
Eglogue. Car vous m'auouërez que ſi M[rs]
de Malherbe, de Racan, Godeau, Corneille
& Chapelain, y auoient pris ce qui leur ap-
partiét, il y reſteroit tres-peu de choſe. Tant
vous ſçauez bien, Monſieur, l'Art de meſler
les ſtiles differents, & de ioindre les penſées
de diuers Autheurs enſemble. Auſſi, pour ne
vous en point mentir, d'abord que ie la leus,
ie creus que vous auiez enuie de faire vn Cen-

ton; mais quand i'eus pris garde que vous n'a-
uiez point mis à la marge les noms des Autheurs, dont vous auiez tiré la plufpart de
vos Vers, ie m'apperceus bien de voftre def-
fein, & que vous auiez voulu vous les ap-
proprier. Et en cela vous ne faites que fuiure ce que dit Seneque, *Quid enim pro-* Senec. lib 15
hibet alienis ex parte qua noftra funt, vti? de Ira, cap 6.
Mais, Monfieur, ce n'eft pas d'aujourd'hui Item Ægid.
que vous poffédez vn fi beau talent. Il y a Menag. lib.
déja long-temps que vos *Origines Françoi-* adop. initio.
fes, * & vos *Oeuures Diuerfes* ont donné à *Tous les Gens*
toute la France vn témoignage illuftre de *de lettres fça-*
cette verité. Et tout le monde en eft telle- *uent que Mr*
ment conuaincu, qu'il court déja vn bruit, *l'Abbé Guyet*
que dans vos *Remarques fur l'Amynthe,* il *en a fait la*
n'y a pas vn feul mot qui foit de vous. C'eft à *plus grande*
mon aduis ce qui a dōné occafion à vôtre bon *partie*
Ami, Mr Coftar, de vous dire, *Qu'il fembloit* *Entretiens de*
que vous euffiez efté de tous les fiecles & de *Voiture & de*
tous les regnes. Car il eft certain qu'on voit *Coftar page 29*
dans vos Ouurages des penfées & des ftiles
de tous les temps. De forte que comme vous
feriez bien fafché d'auoir rien fait fans Au-
torité, vous auez pris des autres jufques à l'Art
de dérober les autres. Vous fçauez que Lipfe
a trouué cette belle inuention deuant vous,

& que dans ſon Liure des *Politiques* , il n'y a
que les poinˆts & les virgules qui luy appar-
tiennent. On peut dire neantmoins à voſtre
âuantage, que vous auez eſté beaucoup plus
loin que luy. Car vous auez adopté des Liures
entiers , qui eſt quelque choſe de plus ex-
cellent & de plus rare. Et c'eſt pour cela,
que lors qu'on me dit , que vous vous vantiez
d'auoir fait mon *Epictete* , je répondis ſeulement,

MENAGE ce pauure Poete
Dit qu'il a fait mon Epictete,
Ce n'eſt pas choſe eſtrange en luy
D'Adopter les Oeuures d'autruy.

Et cette Vertu vous eſt ſi particuliere , que
m'eſtant rencontré il y a quelques iours dans
vne Compagnie de fort hôneſtes gens, où vos
Oeuures eſtoient le ſujet de la conuerſation;
comme quelque perſonne eut aſſeuré que
vous auiez entrepris de faire imprimer en vn
Volume toutes les pieces qui auoient eſté
faites à l'honneur de la Reine de Suede : il y
eut vn Galant-homme qui dit qu'il ſem-
bloit que vous euſſiez pris à taſche de faire

imprimer tous les Ouurages d'autrui. Iugez
de là l'eſtime qu'on fait de vous dans le
monde, ie vous conjure de perſéuerer dans
ce noble deſſein, vous ne rendrez pas vn petit
ſeruice au public. Ie ne ſçay qui a conſeillé
à la Reine de Suede de vous donner cét em-
ploy;mais elle n'en pouuoit choiſir vn qui
vous fut plus propre, ni qui fut plus digne
de vous. Vous eſtes ſans mentir le premier
homme du monde en ce genre-là; il n'eſt beſoin que de lire voſtre *Liure adoptif* pour
en eſtre perſuadé ; car malgré toute voſtre
modeſtie , il faut que vous confeſſiez qu'il
n'y a rien au monde de plus correct,& que les
virgules & les points y ſont tres-exactement
obſeruez.

Æid Mena-
gii liber ado-
ptiuus.

Mais comme il eſt impoſſible d'arreſter
la langue des Poëtes, voſtre liure intitulé,
*Miſcellanea,*dans lequel voſtre *Liure adoptif*
eſt inferé, n'a pas eſté à l'eſpreuue de leur
médiſance, il a couru depuis peu vne Epigramme qui peut-eſtre n'eſt pas venuë iuſques à vous, & que ie m'en vais vous eſcrire
pendant que ie m'en ſouuiens.

MENAGE *ayant deſſein d'eſtre des*
   gros Autheurs,
Courut viſte au Parnaſſe inuoquer les neuf
   Sœurs;
Afin d'apprendre la maniere
De faire un gros volume auec peu de matiere.
Auſſi-toſt qu'on l'euſt entendu
Cét Oracle luy fut rendu.

ADOPTE VN LIVRE AMI MENAGE,
ET METS TON NOM A CHAQVE PAGE!

Sans mentir ie trouue que l'Autheur de
cette Epigramme à grand tort d'auoir voulu
railler d'vne choſe dont tant de gens ſe pour-
roient accommoder : car ſi cette *Adoption*
eſtoit receuë dans la République des lettres,
il n'y auroit perſone qui n'eſperaſt de deuenir
Autheur, & de faire de gros volumes en
fort peu de temps. Que voulez-vous, c'eſt
de tout temps que l'enuie & la malice ſe ſont
oppoſées à la naiſſance des plus belles produ-
ctions de l'eſprit; & ſi l'on parle mal de ce
que vous faites, c'eſt vne diſgrace qui vous
eſt commune auec les plus grands hommes
de l'antiquité. Voila Monſieur, vn beau ſu-
Balzac. jet pour vous diſpoſer à faire quelque iour
des *Relations à Ménandre.* Ie n'ay garde

d'entreprendre voftre Apologie côntre ce
Poëte; Ie fçay qu'il faut eftre *Daphnis* pour
s'en acquiter dignement, & cela veut dire
en bon françois, qu'il n'y a que *Ménage* qui
foit capable de defendre & de loüer *Ména-*
ge comme il faut. Neanmoins pour vous
en parler franchement, ie trouue la loüange que vous donne icy voftre *Daphnis* vn
peu froide, par ce qu'elle eft exceffiue; car
quelle apparence de vous parler *des brillans* ^{verf 14.}
éclairs de voftre viue Eloquence , vous, M^r
qui y auez renoncé il y a fi long-temps. ^{v. 32.}
Pourquoy vous faire *l'Arbitre de tous les Do-*
ctes; combien penfez-vous qu'il y en a qui
déclineroient voftre Iurifdiction, & qui ap-
pelleroient de vos iugemens comme de Iuge ^{v. 28,}
incompetant. Pourquoy vous dire *que vous*
poffédez, en ces lieux le repos de l'efprit &) la
fanté du corps; tous ceux qui vous connoif-
fent n'en demeureront iamais d'accord. Vous
pouuez vous fouuenir que lors que vous fiftes
cette piece, vous auiez vne demangeaifon fi
eftrange depuis les pieds jufques à la tefte,
qu'elle ne vous laiffoit pas joüir d'vn mo-
ment de repos; & d'ailleurs vous fçauez que
naturellement vous auez l'efprit inquiet. A
quel propos dire, *qu'on eftime vos vers*, & ^{v. 30.}

qu'on les loüe à l'esgal des Chansons du Pasteur de Mantoué. Dites moy en verité, auiez vous peur que depuis la mort de Monsieur de Balzac le genre humain ne manquast de gens qui se louassent eux-mesmes. Mais M^r ce qui me semble insuportable, c'est quand vous voulez faire acroire, *que pour vous seul les Nymphes cessent d'estre lege-res.* Vrayment vous estes vn joly mignon pour cela, ce chagrin & cette humeur criti-que qui ne vous abandonnent iamais, font fort le fait d'vne Dame, & vos passages Grecs & Latins font de jolies fleurettes pour gaigner vn cœur.

Tout de bon, pensez-vous que ces fortes de loüanges se puissent lire auec des yeux de complaisance? Car comme l'on sçait que par *Ménalque* vous entendez parler de vous; à cause du rapport qu'il y a du mot de *Ménal-que* à celuy de *Menage*, l'on voit bien que vous auez eu dessein de vous loüer vous mes-me. Ie vous auoüe que ceux qui sçauent par-faitement vostre merite n'y trouueront peut-estre pas tant à dire: mais puis-que vous don-nez vostre piece au public, & que vous l'en faites Iuge, il faut considerer que tout le monde n'eſt pas obligé de vous cōnnōiſtre & d'eſtre de vos amis.

Il y a Monſieur cent autres choſes de la meſme force dans voſtre Eglogue; mais ie n'aurois iamais fait ſi ie voulois deſcendre iuſques dans le particulier. Permétez - moy ſeulement de me réjouir auec vous de ce bel endroit, ou apres que vous auez parlé des meurtres horribles qu'ont fait les ſoldats, & apres que vous auez dit que leurs mains ſacriléges ont abbatu des Temples & des Autels; enfin pour vn dernier excez vous leurs faites rompre des flageolets & briſer des chalumeaux. Sans mentir l'Enthou-ſiaſme vous a emporté, car quoy que vous puiſſicz dire, c'eſt tomber de haut en bas. Ie ſçay bien ce qu'on peut alléguer en voſtre défenſe, que les Bergers font plus de cas de leurs flageolets que de toute autre choſe, mais pardonnez moy ſi ie vous dis que cette raiſon n'eſt pas bonne; & ſi Seneque dans ſes queſtions naturelles, a repris Ouide, pour auoir mis en décriuant le Deluge ce de-mi vers, *le Loup nage entre les brebis,* apres auoir dit que l'eau eſtoit par deſſus les mon-tagnes; croyez moy qu'il y a icy bien plus de ſujet de reprendre *Ménalque.*

Mais, Monſieur, tout cela n’eſt rien, les grands Maiſtres côme vous ſont au deſſus des régles : meſmes ces petits defauts ſont quelquefois comme des ombres qui ſeruent merueilleuſement à rehauſſer l’éclat des choſes excellentes. Tout ce que les delicats peuuent trouuer à dire à voſtre piece, c’eſt que vos Bergers ont de certaines phraſes poëtiques qu’ils affectent vn peu trop, comme. *En charmes feconde, A nulle autre pareille, A nulle autre feconde, Ce chef-d’œuure des cieux, Ce chef-d’œuure d’Amour, Ce miracle d’Amour* & cent autres epithetes qui ne ſignifient que la meſme choſe. Ils ne s’expriment encore le plus ſouuent que par *mille* & par *cent,* & ne parlent d’ordinaire que *de Charmes, d’Appas, d’Attraits, de beaux & d’aimables lieux,* &c. Il eſt vray en récompenſe auſſi que les *brillans éclairs de voſtre Eloquence* ſont diſperſez en tous les endroits de la piece, car il n’y eſt preſque fait mention que d’Aſtre & de Soleil. Vous côparez les fleurs de voſtre parterre aux *Aſtres,* vous appellez CHRISTINE *Nouueau Soleil & Aſtre naiſſant,* vous dites à ABEL *qu’il a l’eſprit plus clair que le Soleil,* il n’eſt pas juſqu’à voſtre DORIS qui

n’en

v. 25.

v. 83.
& 112.

v. 172.

n'en ait fa part. car quelquefois vous la
nommez *Aftre brillant*, tantoft *plus belle que
le iour.* en vn endroit vous dites *que fes yeux
furpaffent la Splendeur du bel Aftre des Cieux;*
& en vn autre, *qu'ils font plus beaux que le
Soleil.* Tout cela, Monfieur, fait bien voir
quoy qu'on en veüille dire, que vous auez
l'efprit extremement illuminé. Mais ce qui
me rauit, c'eft de voir l'égallité que vous
gardez entre POMPONE & ABEL.
Vous eftes fi jufte que vous ne voudriez pas
auoir donné vne loüange à l'Vn, que vous
n'euffiez donnée à l'Autre. Car fi vous dites
à POMPONE *qu'il nous promet la fai-
fon de Saturne*, vous dites à ABEL *qu'il
nous promet le fiecle d'or.* Si Celui-ci *force la
raifon par fon langage*; Celui-là *charme les
efprits par fon difcours.* Si *les peuples eftran-
ges entonnent la louange de* POMPONE;
Cent nations ne manquent point *de celebrer la
prudence d'*ABEL. Et enfin fi l'Vn *aime vos
Chanfons*, l'Autre *les efcoute attentif.* En verité cela me femble fort ingenu. vous pouuiez pourtant confiderer que POMPONE
& ABEL eftoient des hommes Incompara-
bles, & qu'il n'y auoit pas vn des deux qui ne
meritaft luy feul voftre piece entiere quand

C

v. 172.
v. 239.
v. 240.
v. 263.
v. 312.

elle euſt eſté beaucoup plus belle. C'eſt ce que
reſpondit Mõſieur le Cardinal de Richelieu à
vn Autheur, qui luy auoit fait vne Epiſtre limi
naire, où il loüoit extremement vn Magiſtrat
d importance. *Vous pouuiez, luy dit-il, vous
paſſer de me dedier voſtre Liure Monſieur le ★★
meritoit bien luy ſeul vne Epiſtre liminaire.*
On ne ſçait qui vous voulez loüer dauantage
de *POMPONE*, d'*ABEL*, de *CHRIS-
TINE*, de *IVLES*, de *DORIS*, ou de
MENALQE. Mais ce qui me ſemble icy de
plus eſtrange, c'eſt cette qualité *de forcer la
raiſon* que vous donnez à POMPONE.
Car vous ſçauez (*vous Monſieur qui ſçauez
tout*) qu'il ne ſe ſert que de la douceur de ſon
genie, & de la delicateſſe de ſon eſprit pour
perſuader ce qu'il veut. Il n'a beſoin ni de reſ-
forts, ni de machines pour faire entrer la raiſon dans les ames, & ne ſçeut iamais ce que
c'eſt que de forcer perſonne. Ie ne ſçay ſi
ie ne vay point trop auant ; mais ie ſuis
reſolu de ne vous rien diſſimuler. Toutes
ces repetitions & ces manieres de s'expri-
mer, font voir que vous trauaillez auec peine
& que vous n'enfantez point ſans tranchées
Ie demeure bien d'accord auec vous qu'on

Suitte de la
defenſe de voi-
ture. page 4

trouue peu de fautes en vos vers. Mais il faut
que vous confeſſiez auſſi qu'on n'y trouue
rien de nouueau ni de ſurprenant. Comme
la Poëſie n'eſt faite que pour plaire, il faut
qu'elle emporte l'ame. A moins que cela il n'y
a rien de ſi fade ni de ſi importun. Tout ce
que l'on peut dire à voſtre auantage, c'eſt que
vous eſtes vn Poëte par Art, & du nombre
de ceux que Platon appelle Φαυλοι dans ſon
Dialogue de la *Fureur Poëtique*. En effet ce
n'eſt point l'eſtude qui nous fait Poëtes c'eſt
vne eſpece de Sainte Fureur que la Nature
donne à certains hommes, & que l'art ni l'e-
ſtude ne peuuent acquerir. Croyez moy,
Monſieur, vous auez le jugement trop bon
pour eſtre bon Poete. Vous feriez beaucoup
mieux de vous appliquer à quelque eſtude
plus ſérieuſe, & d'aller rechercher les Origines de la Langue Suedoiſe, ou de quelque autre de cette nature, que de vous amuſer à ces
ſortes de choſes qui demandent vne viuacité
& vn feu que vous n'auez point. l'aurois bien
remarqué icy les endroits d'où vous auez
tiré la pluſpart de vos Vers. Mais i'ay ſongé
que c'euſt eſté me donner de la peine inutile-
ment. Vous ſçauez mieux que moy d'où
vous les auez pris ; & il n'y a perſonne pour

peu qu'il foit verſé dans la lecture de nos Poetes, qui ne reconnoiſſe tres-aiſément ce que je dis.

Si vous auez deſſein que ie vous parle plus preciſement ſur ce ſujet, vous n'auez qu'à m'en faire aduertir. Ie vous promets que ie vous donneray pleine & entiere ſatifaction. Ie vous monſtreray que non ſeulement dans voſtre Eglogue, mais dans tous vos Vers Giecs, Latins, Italiens & François, il n'y a pas vne ſeule penſée qui ſoit de vous. Et pour vous teſmoigner que ce que ie dis n'eſt pas vne raillerie, vous jugérez du reſte par cét échantillon.

Menag. Miſ-
cel Poëm.
Græc Epig 13.
pag. 80.

Menag. Εἰς Τελέσιλλαν.

Πάντα ἔχω Τελέσιλλαν ἔχων· ἢν πάντα δέ γ' ἔξω
Μὴ Τελέσιλλαν ἔχων· καὶ πότε μηδὲν ἔχω.

Iulianus Εἰς Θήρωνα.

Anth lib 7.
pag 619.

Ἢν ἐσίδω Θήρωνα, τὰ πάνθ' ὁρῶ· ἢν δὲ τὰ πάντα
Βλέψω τὸν δέ γε μή, τοὔμπαλιν οὐδὲν ὁρῶ.

Comme vous voyez, ces deux Epigrammes ſe reſſemblent fort, Car Iulien dit, *Lors que je voy Théron, je voy toutes choſes; & quand je verrois toutes choſes, ſi je ne voy Théron, je ne voy pourtant rien.* Et vous, Monſieur, vous dites, *Lors que j'ay Téléſille, j'ay toutes choſes; & quand j'aurois toutes choſes, ſi je n'ay Téléfille je n'ay pourtant rien.*

Menag. de Metello Boſcoroberto.

Miſcell.
Poëm Lat.
pag 74.

Sermones patrio ſcripſit ſermone *Metellus,*
   Parcere dum ſcriptis vult, Venuſine tuis.

Buchanan. lib. 1. Epigr.
De Mellino Sangelaſio.
Mellinum patrio ſale carmina tiñgere iuſſit
   Parceret vt famæ, Muſa, Catulle tuæ.

La penſée de Buchanan eſt, que *Saint Gelais* a eſcrit en *François,* afin d'eſpargner la reputation de *Catulle.* Et la voſtre eſt, que M.r de *Boiſrobert* a eſcrit en *François,* afin d'eſpargner la reputation d'Horace.

Sonnetto di Menag.

Oſſeruation.
ſopra l A-
mint.

Vago di fama, e cupido d'onore,
Nel dolce tempo de la prima etade,
Giua cercando nobile beltade,
E del mio canto degna, e de l'ardore.

Tal Filli hò trouat'io, mercè d'amore,
Giunta à ſommo ſaper ſomma bontade.
Ogni chiara virtute, ogni oneſtade,
Han caro albergo nel ſuo nobil core.

La guancia ell' hà più florida d'Aprile,
Più candido è 'l ſuo ſen di neue pura,
Il ſole oſcuran de' begli occhi i rai.

Ninfa non fù giammai coſi gentile,
Ma (ahi laſſo troppo tarda alta ventura!)
Non più cercaua, quando la trouai.

POESIES DE Mr DE GOMBAVT.
Epig. 38.

Pour ſujet de mes vers en la fleur de mon âge,
I'ay cherché quelque Nymphe illuſtre, belle &
  ſage ;
Et qui puſt m'inſpirer cent ouurages diuers.
Telle & plus merueilleuſe Olympe eſt arriueé.
Mais le Ciel m'a trop tard ſes threſors deſcou-
  uerts,
Ie ne cherchois plus rien lors que je l'ay trouuée.

Ie veux croire pour voſtre honneur, que
vous n'auez pretendu que traduire l'Epigramme de l'Illuſtre Monſieur de Gombaut;
mais ſi ç'a eſté là voſtre penſée, puiſque vous
eſcriuiez pour les Italiens, qui ne ſont pas fort
curieux de noſtre langue, il eſtoit bon de
les aduertir de voſtre deſſein , & de commencer vos *Remarques ſur l'Amynte* par
le Commentaire de voſtre Sonnet Auſſi bien

les Italiens se sont desja apperceus que vous
ne faisiez pas grand scrupule de prendre le
bien d'autruy. Voicy vne Epigramme qui a
esté faite par eux sur vostre Liure, & qui en est
vne preuue assez euidente.

GRECO, Latin, Toscano
Non è Poeta, ond'io non habbia tolti
I più nobili detti,
I più fini concetti,
E dentro il libro mio poscia raccolti:
E pur ne' le botegghe egli marcisce.
Così grida Menaggio, e si stupisce.
Deh non ti paia strano,
Che niun' huom' di coscienza dilicata
Ardisca di comprar robba rubbata.

POESIES FRANCOISES
de Mr Menage Eglog. pag. 102.

J'entends Amarillis qui chante dans ce bois,
Taisez vous Rossignols, Zephirs faites silence.
Agreables ruisseaux coulez sans violence,
Et n'interrompez point les accens de sa voix.

AIR DE MONSIEVR DE
Boifrobert.

Doux ruiſſeaux couleʒ ſans violence,
Roſſignol ne vante plus ta voix,
Vous , Zephirs , tousjours faites ſilence,
C'eſt Iris qui chante dans ce bois.

Vous dites encore en ſuite dans la meſme piece

N'eſpargnez point les fleurs pour voſtre Ama-
rillis,
Il en naiſt en tout temps ſous les pas de Philis.

Recueil de vers de l'an-née 1630. page 166. # POESIES DE MONSIEVR
de Racan.

Chanſon d'vn Berger à la Reine.

Alleʒ dans la campagne, alleʒ dans la prairie,
N'eſpargnez point les fleurs,
Il en reuient aſſez ſous les pas de Marie.

Cette penſée vous plaiſt. Car vous la repe-tez encore dans le Sonnet que vous auez fait ſur la guirlande de Iulie.

Vous

Vous qui pour sa guirlande allez cueillant des
   fleurs,
Ne les espargnez point pour vn si bel ouurage.
Venez de mille fleurs sa teste couronner,
Sous les pieds de Iulie il en naist dauantage
Que vos sçauantes mains n'en peuuent moif-
   soner.

Mais, pour reuenir à noftre fujet, permetez moy que je vous cite encore deux Vers, qui font fans contredit les plus beaux de voftre Eglogue:

Le D'anube en trembla caché dans ses roseaux,
Et saisi de frayeur precipita ses eaux.

Le Celebre & l'Heroique Monfieur Chapelain, dans cette belle & inimitable Ode à Monfieur le Cardinal de Richelieu, parlant aufli du Danube dit,

Qu'il redouta le joug, fremit dans ses roseaux,
Pleura de nos succes, & grossi de ses larmes,
Plus viste vers l'Euxin precipita ses eaux.

Sans mentir, Monfieur, je ferois fort empefché de vous dire qui font les mieux imitez ou de vos Vers François, ou de voftre Sonnet Italien, ou de l'Epigramme Grecque.

D

ou de l'Epigrãme Latine. Ce que ie puis vous asseurer, c'est que tous ces Vers me semblent volez fort fidellement. Vous ne faites pas côme ce Galant homme de vostre connoissance, qui prend quelquefois *Ciceron* pour *Brutus*. Qui met les passages des Autheurs en pieces & par lambeaux, qui les écorche & les défigure de telle sorte, qu'ils ne sont pas reconnoissables. Pour vous, vous n'estes pas si inhumain. Quand vous prenez quelque Piece, vous la prenez toute entiere, & la laissez côme elle est. Mesmes, pour peu qu'elle vous plaise, vous conceuez aussi-tost des sentimens de Pere pour elle, & ne manquez pas de l'*Adopter*. Aussi Mr pendant que vostre Ami s'amuse en cachette à destruire les restes dequelques vieux Edifices, vous pillez ouuertement des Prouinces toutes entieres. Voila ce qu'on appelle proprement *estre vn Braue Autheur*. Continuez toûjours ces illustres brigandages. Enrichissez -vous des dépouilles des Nations estrangeres. Estendez vos Conquestes jusques aux Hebreux & aux Arabes, si vous pouuez; & n'espargnez non plus les Espagnols, que vous auez espargné les Grecs, les Latins, les Italiens & les François. Vous trouuerez peut-estre mauuais que i'aye publié cette Lettre. Mais ie vous promets que j'agiray auec vous de la mesme sorte, que vous auez agy auec M^rs de l'Academie; & que si vous auez supprimé vostre *Requeste des Dictionnaires*, apres que cinq ou six Editions en ont esté faites, ie ne manqueray pas d'user de la mesme moderation enuers vous. Mais à propos de cette *Requeste*, il faut M^r, que je vous die, que je me suis estonné plusieurs fois comment des personnes se sont si fort scandalisées, que vous l'eussiez fait imprimer. Ce n'est pas qu'en apparence, il ne semblast qu'il y eust quelque chose à dire en vostre conduite, puis qu'enfin dans cette Satyre, vous escriuez contre beaucoup de gens auec qui vous faisiez profession d'amitié; & qui d'ailleurs n'auoient pas peu serui à establir vostre reputation. Mais pourtant il falloit considerer que vous ne faisiez que vostre deuoir. Et certes les seruices considerables que vous auiez receu des *Dictionnaires* & l'interest que vous auiez en la conseruation de *Nicod* & de *Cale-* *pin*, estoient des sujets assez suffisans pour vous faire esclater en cette occasion, & pour vous faire prendre leur party, aux despens de tous vos Amis.

Mon deſſein eſtoit de finir en cét endroit.
Mais mon cher Amy le ſçauant & le poliMon-
ſieur de la Meſnardiere, me vient d'enuoyer
le liure de voſtre *Flateur*, où ie ſuis traité
d'vne ſi belle maniere, que ie ne puis m'em-
peſcher de vous teſmoigner le reſſentiment
que j'en ay. Eſt-il poſſible ,M^r, que cét
homme ne ſe puiſſe défaire de ſes *Beueues?*
J'en ay trouué vne ſi terrible à l'ouuerture
de ſon Liure, que je doute encore ſi mes
yeux ne m'ont point trompé. C'eſt en la
page 254. Voicy ces termes. *Dans quel vieux*
Bouquin Mr de Girac a t'il trouué qu'il y eut
des Accens dans la Langue Hebraique? &c. Je
penſe que Dieu a permis cét aueuglement, afin
d'humilier noſtre Docteur, *& le punir d'vne in-*
finité de beueuës *qu'il me reproche, &c.* Y en
euſt-il jamais vne pareille à celle-là? Où a-t-il
trouué luy meſme qu'il n'y euſt point d'*Ac-*
cens dans la Langue Hebraique? Ne ſemble-til
pas bien pluſtoſt que Dieu a permis cét aueu-
-glement, afin d'humilier ce *Fanfaron?* Car
enfin quoy que ie ne ſçache point d'Hebreu, il
me ſouuient pourtant bien d'auoir leu dans
la Grammaire Hebraique de Bellarmin , vn
Chapitre des *Accens*, qui cōmence ainſi. *Ac-*

centus Hebrais triplex eſt. Rhetoricus , Gram- Inſtitut. Hebraicæ Bellar cap 6 p.29.
maticus & Muſicus. Porro Rhetorici Accentus quatuor ſunt, Grammatici autem triginta & vnus, &c. I'ay appris meſmes du plus docte & du plus ſçauant de noſtre ſiecle, Monſieur Gaulmin, qui eſt vn Iuge Souuerain en ces matieres, que toute la Poëſie des anciens Hebreux ne conſiſtoit que dans les *Accens*. Cependant, comme vous voyez, voſtre Ami veut qu'il n'y en ait pas vn ſeul, en dépit de toutes les Grammaires, de tous les Rabins, & de tous les Enfans d'Iſrael.

Il, eſt bien vray que les *Accens* dans les anciens manuſcrits n'eſtoient point marquez : mais peut on aſſeurer pour cela, qu'il n'y ait point d'*Accens* dans la Langue Hebraique? Quoy? parce que les Accens ne ſont point marquez dans les anciens Manuſcrits Grecs, eſt ce à dire qu'il n'y a point d'*Accens* dans la Langue Grecque? Cette conſequence eſt elle raiſonnable?

Encore ſi cét Homme auoit fait tout ſeul vne ſi ridicule *beueue,* ce ne ſeroit pas vne choſe ſi extraordinaire. Mais comment vous, qui auez pris le ſoin de l'Edition de ſon Liure qui vous eſtes vanté en tant d'endroits de l'auoir preſque refait tout entier, & d'y auoir corrigé plus *de deux cent fautes :* comment, dis-je, auez vous laissé passer celle-cy ? Vous qui auez cité tant d'Hebreu & tant d'Arabe dans vos *Origines Françoises* ; Qui sçauez *le plus & le mieux en cinq ou six sortes de Langues* ; & Qui auez joint *toute l'erudition & la probité agissante & officieuse* en vne mesme personne: comment auez vous laissé glisser vne méprise si grossiere? Dans quel païs erroit alors voftre efprit? Pourquoy *le Torrent de voftre bouche à douze fontaines,* ne s'eft-il pas débordé en vne occafion fi importante? Ie ne fçay pas ce que dira, Mr de Girac; mais je fçay bien que pour peu qu'il fe veüille deféndre voftre reputation eft fort en dáger, auffi bien que celle de voftre Ami. Ie fuis obligé pourtant de rendre ce tefmoignage à la verité, qu'au milieu de ces *Beueues,* je n'ay peu m'empefcher d'admirer fa fubtilité & fon addreffe. Ie ne fçaurois cóceuoir encore ce qu'il a fait, ni quelles machines il a remuées, pour mettre tout ce qu'il a dit dans vn fi petit Volume. Ie ne croy pas qu'il n'y ait fait entrer tout *Stobée, Lycofthene, Polyanthea,* & tousles *Quolibets* de la Cour. Certainement ce fecret eft rare. Ie ne connois perfonne, apres vous, qui fe ferue mieux & plus fouuent de Lieux com-

Suitte de la Defenfe de Vuitture p 1

page 2.

page 3.

muns que luy. On voit bien qu'il eſt fort de
vos Amis, Car il vous traite auec beaucoup
plus de ciuilité, qu'il ne traite meſme Son
Eminēce. Quoy qu'en apparēce, il luy dedie
ſon Liure, c'eſt à vous effectiuement qu'il ap-
partient. Il n'en a que le Tiltre, & vous poſſe-
dez le fonds. Il vous dōne le ſuc & la ſubſtāce;
au lieu qu'il ne luy donne que l'écorce & la
couuerture. Auſſi, quand il vous parle, c'eſt
tousjours auec des termes d'honneur & de
reſpect; & quand il entretient Monſieur le Eſpiſtre limi-
naire.
Cardinal, c'eſt auec vne franchiſe & vne
liberté qui n'eſt pas imaginable. Il ſe com-
pare quelquefois à luy, il voudroit luy perſuader que les guerres qu'il a cōtre Mr de Girac,
ſont ſemblables à celles que ce Grand Mini-
ſtre ſouſtient contre les Ennemis de l'Eſtat. Il
adjoûte en ſuite, *que dans ces petites guer-* page 5.
res, il ne s'y perd que de l'encre & du papier;
qui périroient auſſi bien en d'autres occaſions,
& poſſible moins honnorables. Se peut-il rien
dire de plus familier? Cette expreſſiō n'eſt elle
pas tout à fait noble? Ne laiſſe-t-elle pas vne
fort honneſte idée dans l'eſprit des Lecteurs?
Ce *papier* m'a fait ſouuenir de celuy des Anna-
les de Voluſius, dont parle Catulle. Ne vous
imaginez pas que cette penſée ſoit venuë à

moy ſeul. Vne infinité de Perſonnes d'erudition & de qualité, l'ont eue auſſi bien que
moy. Ie m'eſtonne ſeulement comment vous
qui auez ſi bon nez n'ayez pas ſenti vn ſi fin
endroit. A vous dire vray, pour vn homme
comme voſtre Ami, qui croit auoir *le gouſt
ſi delicat, & ſi raffiné,* & qui pretend *entretenir
toute la Cour, & tout le monde poli,* cela me
ſemble bien peu galant. Vous agiſſez bien
d'vne autre ſorte auec Monſieur le Cardinal.
Vous ne le faites ni de vos ieux ni de
vos diuertiſſemens. Si l'on vous veut
croire, il ne ſe plaiſt qu'au bruit des Tam-
bours & des Trompettes. Il a en horreur
toutes les Muſes, il fuit leurs concerts, *Et n'eſtime des bergers les plus doctes Chanſons, que
de vaines-douceurs & d'inutiles ſons.* Voila
ſans mentir vne maniere de loüer fort nou-
uelle. On a beſoin de toute la bonne opinion
qu'on a de vous, pour ſe perſuader que vous
n'auez pas deſſein de railler. Si toutes les
faueurs que vous faites, ſont ſemblables à
celle-cy, ie trouue que ceux à qui vous ſongez
le moins, ne ſont pas les plus mal-heureux.
Vos louanges ſont vn peu dangereuſes, auſſi
bien que celles de voſtre Ami ; elles ont des
ongles & des griffes. Vous flattez de la
meſme

mefme forte, que les autres pinfent & égra-
tignent, & vos plus grandes douceurs font
meflées de fiel & d'Abfinthe En effet, M^r,
ne dites vous pas vne chofe fort obligeante
à la Reine de Suede? Quand dans ces beaux
vers, que vous auez fait, pour mettre au bas
de fon portrait, vous luy parlez ainfi.

Quidquid agit blandé veneres comitantur
   agentem,
Et vn peu apres.
   Seu mouet ad certos mollia membra modos.

Cette Galanterie n'eft elle pas ingenieufe?
Ne fait elle pas vne Equiuoque fort agreable?
N'eft-ce pas là vne belle façon d'honnorer
Vne des plus Sçauantes, des plus Vertueufes
& des plus Grandes Reines du monde?
Confeffez la verité, fi vous auiez à parler d'vne *Lays*; vous pourriez vous feruir
de termes plus choifis, plus propres & plus
energiques? Neantmoins, M^r, puifque ces
chofes vous reuffiffent, je n'ay garde d'y
trouuer à dire. Cela me confirme feulement
dans l'opinion que j'ay toûjours euë, que les
Grands, voyent les chofes tout autremēt que
le refte des hômes. Voftre Ami ne fe trompe

page 227.

pas quand il affeure, que *c'eſt quelquefois vn malheur d'eſtre ſi ſçauant.* Il juſtifie aſſez ce qu'il dit par lui meſme. Il ſçait tantde choſes, qu'il n'arriue rien, dont il ne trouue tousjours la raiſon dans ſes *Recueils.* Si Mr de Girac ne reſpond point; c'eſt parce

page 8

qu'il n'a pas *vn Page comme Darius, qui lui crie de temps en temps. Souuenez-vous que les Atheniens vous ont offensé.* Si vous auez

page 2.

vne *bouche à douze fontaines*; c'eſt parce qu'vn méchant Poete, dont parle Cratinus voſtre bon Ami en auoit vne. Et enfin s'il fait des *beueues*; c'eſt parce que *Seneque, Auſone,*

page 56.

Eraſme, & le Chancelier Bacon en ont fait. Ce ſçauant, M^r, a l'eſprit tourné à peu prés comme le voſtre Il n'y en euſt jamais vn plus prodigue des penſées d'autui, & plus auare des ſiennes. Cela me fait ſouuenir d'vn bon mot de feu l'illuſtie Monſieur le Pailleur; Qui vous dit, apres que vous euſtes entretenu des Dames fort long temps des Sentences & des Apophtegmes des Anciens, *Il y a, M^r, deux heures entieres, que vous nous parlez de ce qu'ont fait les autres. Y a-t-il eſperance que vous nous direz, à la fin quelque choſe de vous?* Comme vous voyez, on pourroit bien encore appliquei cette ieſpon-

CHRISTINE

EGLOGVE.

M. DC. LVI.

Virgile Eglog. I V.

———————— paulò maiora canamus.
Non omnes arbusta iuuant humilesque myricæ.

CHRISTINE EGLOGVE,

DAPHNIS MENALQVE.

DAPHNIS.

ORNEMENT *de nos Bois, de nos Champs la*
   merueille,
Berger, quel bruit eſtrange a frappé mon oreille?
Menalque, il eſt donc vray que tu quittes ces lieux,
L'agreable ſejour des Hommes & des Dieux?
5 *Ces lieux, où les Zephyrs de leurs tiedes haleines*
Eſchauffent doucement les Vallons & les Plaines:
Où de l'Aſtre du jour les fertiles chaleurs
Produiſent en tout temps & des fruits & des fleurs:
Où l'on voit dans les eaux noger mille Naiades:
10 *Où l'on voit dans les bois danſer mille Dryades.*
Et tu quites ces lieux, trop volage Berger,
Pour vn climat affreux, pour vn ciel eſtranger!
N'eſt-ce pas à ces lieux que tu dois ta naiſſance,
Et les brillans eclairs de ta vive eloquence?
15 *N'eſt-ce pas de ces lieux que ta Proſe & tes Vers*
Ont porte ta loüange à cent Peuples divers?
Aux rivages fleuris & de Seine & de Marne,
Aux rivages fameux & du Tibre & de l'Arne.

Rien dans ce beau climat ne manque à tes plaifirs.
20 Toute chofe à l'enuy contente tes defirs.
Tes Vignes tous les ans ton attente furpaffent.
Sous tes Epics nombreux les Faucilles fe laffent.
Cent Bœufs fur tes Guerets tracent mille fillons.
Mille Agneaux bondiffans paiffent dans tes Vallons.
25 Mille agreables Fleurs, comme Aftres de la Terre,
Font briller en tout temps l'émail de ton Parterre.
Tu poffedes en paix deux precieux trefors
Le repos de l'efprit & la fanté du corps.
On eftime tes vers, on les chante, on les loüe
30 A l'egal des chanfons du Pafteur de Mantoüe.
Menalque parmy nous, parmy les Eftrangeres
Eft l'Arbitre aujourd'huy des plus doctes Bergers.
De ces aymables lieux les Nymphes, les Bergeres
Pour toy feul aujourd'huy ceffent d'eftre legeres.
35 Et tu quittes ces lieux pour ces triftes climats
Le funefte fejour des Vents & des Frimats,
D'où des afpres Hyuers l'eternelle froidure
A banny pour jamais l'agreable verdure !

MENALQVE.

A quoy tendent, Daphnis, tant de propros flateurs ?
40 Ie fuis, & tu le fais, le moindre des Pafteurs.
Oüy, ie quitte, Daphnis, ces Bois & ces Riuages,
Ces fertiles Vallons, ces riches Pafturages.
Ouy, Daphnis, il eft vray, i'abandonne ces lieux
Si chéris autrefois des Hommes & des Dieux.
45 Mais helas ! aujourd'huy l'execrable Malice,
La Rage & la Fureur, la Fraude & l'Injuftice
Baniffant

Bannissant les Vertus, les Graces & l'Amour,
En ces aymables lieux ont choisy leur sejour.
Daphnis, qui l'eust pensé? les Armes de nos Princes,
50 Comme vn torrent épars inondent nos Provinces,
Et nos propres Soldats, ces Monstres de l'Enfer,
Ravagent ces beaux lieux par la flame & le fer.
Helas ! combien de fois ay je veu leurs espées
Dans le sang des Bergers indignement trempées ?
55 Combien de fois, helas ! ay-je veu sur ces bords
Des rivieres de sang, des montagnes de Morts ?
Par vne impieté qui n'eust iamais d'exemples
Leurs sacriléges mains ont prophané nos Temples,
Abatu nos Autels, saccagé nos Hameaux,
60 Rompu nos Flageolets, brisé nos Chalumeaux.
On coupe nos Lauriers, on trouble nos Fontaines,
On brule les Moissons de nos fertiles Plaines.
Les Chardons épineux naissent dans nos Guérets
Nos Iardins cultivez deviennent des Forests,
65 Et des Loups deuorans la sanglante furie
Desole les Troupeaux de nostre Bergerie.
Ouy, je quitte ces lieux pour ces nobles climats,
Iadis l'affreux sejour des Vents & des Frimats,
Aujourd'huy le sejour de l'amoureuse Flore
70 Plus riant que les lieux où se leve l'Aurore.
Par ses divins appas, par ses attraits charmans
Vne Nymphe celeste a fait ces changemens.
Sous ses pas en tout temps les fleurs naissent écloses,
Les œillets & les lys, les jasmins & les roses.
75 Sa parole applanit les humides sillons.
Sa parole en Zephyrs change les Aquilons.

E

Sa presence embellit le cryſtal des Fontaines;
Fait verdir les Foreſts & fait jaunir les Plaines.
Ses yeux par leurs regars adouciſſent les Airs,
80 Et diſſipent les Nuits par leurs brillans éclairs.

DAPHNIS.

Quelle eſt donc cette Nymphe en charme ſi feconde,
Et qui change à ſon gré l'Air & la Terre & l'Onde?

MENALQVE.

C'eſt ce nouueau Soleil, ce Chef d'œuure des Cieux,
Si vanté des Mortels & ſi chery des Dieux,
85 Cette jeune Beauté, cette Nymphe divine,
Ce Miracle eſtonnant, l'adorable CHRISTINE,
Superbe rejeton du Monarque du Nort,
Qui fut des Affligez l'aſyle & le ſupport,
De ce grand Conquerant l'invincible GVSTAVE,
90 Qui fit & la Victoire & la Fortune eſclaue,
Et dont le bras fatal, par cent combats divers,
Domtant la Germanie eſtonna l'Vnivers.
Le Rhin vit combats, & iuſques dans ſa ſource
D'épouuarte ſurpris en arreſta ſa courſe.
95 Le Danube en trembla caché dans ſes roſeaux,
Et ſaiſi de frayeur precipita ſes eaux.
Tu ſais combien de fois le bruit de ſa vaillance
De nos ſombres Vallons a trouble le ſilence,
Et que du bruit tonnant de ſes rares exploits
100 Cent fois ont retenty les Echos de nos Bois.

Comme de ſes Eſtats, de ſa vertu guerriere
Tu ſauras qu'aujourd'huy CHRISTINE eſt Heritiere.
Iamais du Thermodon le rivage écumeux
Ne vit tant de hauts faits, ni tant d'exploits fameux,
105 Qu'aux rivages bruyans des Ondes Germaniques,
Qu'aux rivages Danois, qu'aux rivages Balthiques
Par les vaillantes mains de ſes braues Guerriers
Cette ieune Amazone a cueilly de Lauriers.
Vn jour, qui n'eſt pas loin, ſes ſuperbes Armées
110 Ioindront à ces Lauriers les Palmes Idumées,
Et l'on verra pâlir l'infidele Croiſſant
A l'aſpect lumineux de cét Aſtre naiſſant.
Mais ſache encor, Daphnis, que ſa main adorable
En adreſſe, en valeur à nulle autre ſemblable
115 Au milieu de la Guerre & dans les Champs de Mars
Cultiue les Vertus & fait fleurir les Arts.
Son eſprit grand & vaſte embraſſe toute choſe,
Et l'Hiſtoire & la Fable, & les Vers & la Proſe.
Elle ſait des Metaux les nobles changemens,
120 Des Globes azurez les divers mouvemens.
Des plus brillantes fleurs de Grece & d'Italie
Tout le Nort eſtonné voit ſon ame embellie.
Elle a de l'Orient pillé tous les treſors.
Du Paſteur de Solyme elle entend les accors,
125 Et ſon rare ſauoir, non moins que ſon courage,
La fait nommer par tout la Pallas de noſtre âge
Pour voir cette Pallas le ſauant Apollon
Quite l'Onde divine & le ſacré Vallon.
Les Filles de Memoire abandonnant la Grece
130 Et le double Sommet & les flots de Permeſſe

Vont habiter les Monts & les Rives du Nort;
Et iouyr en ces lieux d'vn favorable sort.
De mille endroits divers mille doctes Orphéés
Y suivent à l'envy ces neuf sauantes Fèes.
135 Mille Cygnes fameux en mille endroits épars,
Vers ces lieux fortunez volent de toutes parts,
Ceux qui le long des eaux & de Loire & de Seine
Soûpirent doucement leur amoureuse peine.
Ceux qu'aux rives du Tibre on voit en cent façons
140 Comme des Rossignols varier leurs chansons.
Ceux qui superbement font admirer au Tage
Sur l'or de ses sablons l'argent de leur plumage.
Ceux de qui le Danube entend les doux accors,
Et ceux que la Tamise eleve sur ses bors.
145 Et de tous les accens de tant de voix estranges
Se forme pour CHIRSTINE vn concert de loüanges.
       Pour moy, de qui le chant n'a rien de gracieux,
Ie n'eusse osè, Daphnis, les suiure dans ces lieux,
Sans les ordres sacrez de l'auguste CHRISTINE,
150 Et les puissans attraits de sa bonté divine.
    CHRISTINE veut ouyr mes fresles Chalumeaux,
Et veut qu'en ses Vallons ie garde ses Troupeaux.
Qu'il me tarde, Daphnis, qu'heureux ie ne comtemple
Cette Reine du Nort des Monarques l'exemple.
155 Animé par sa voix, echauffé par ses yeux
On me verra porter son nom jusques aux Cieux.
Tant d'aymables appas, tant de rares merueilles
Seront le doux objet de mes penibles veilles.
A ses hautes vertus, à ses fameux exploicts
160 Le consacre, Daphnis, & ma plume & ma voix.

DAPHNIS.

Il le faut avoüer, on a veu sur nos testes
Depuis quatre Moissons gronder mille tempestes.
Mais ces temps sont passez, & ces fertiles lieux
Bien-tost, comme autrefois, seront cheris des Dieux.
165 Déja l'Astre du Iour dissipe le nuage,
Et nous allons revoir le calme apres l'orage.
POMPONE la merveille & l'honneur de nos iours,
Du peuple & du Senat les constantes amours,
Tenant droite en sa main la Balance d'Astrée
170 Nous promet la saison de Saturne & de Rhée.
Le grand, l'illustre ABEL, cet Esprit sans pareil
Plus clair, plus penetrant que les traits du Soleil :
Ce Ministre puissant, dont le vaste domaine
Occupe tous ces bords & de Sarte & de Maine,
175 Qui du Prince auiourd'huy dispense le Trésor,
Nous, promet en ces lieux les iours du siecle d'or.

MENALQVE.

Il est vray que POMPONE & qu'ABEL ont des
      charmes
Capables d'arrester les torrens de nos larmes.
Ce Ministre sacré de la iuste Thémis
POMPONE a les Mortels & les Dieux pour amis.
180 La douce Maieste regne sur son visage.
Il force la raison par son divin langage.
Le Vice est à ses pieds par sa voix abatu,
Et plus que sa Grandeur éclate sa Vertu.
185 Son nom vole en tous lieux, & les Peuples Estranges

Comme ceux de la Seine entonnent ses loüanges.
Il ayme nos Chansons, il estime nos Vers,
Il chérit les Vertus dans vn siecle pervers.
D'ABEL cent Nations celebrent la prudence,
190 Il lit dans l'auenir par son experience.
Son adresse admirable & ses Discours vainqueurs
Charment tous les Esprits & gagnent tous les Cœurs.
Nous avons veu, Daphnis, son ame non commune
Supporter sagement l'vne & l'autre fortune.
195 Il fut ferme & constant en son adversité ;
Il est doux & modeste en sa prosperite.
Nous l'auons veu cent fois aux campagnes de Loir
Eclatant de lumiere & couronnè de gloire.
Au bord de nos Ruisseaux, le long de nos Buissons
200 Escouter attentif nos plaintives chansons,
Et souvent preferer aux Lyres heroïques
L'agreable concert de nos Muses rustiques.
Mais pour eux vainement nos chants ont des appas,
Puisque la Cour, Daphnis, ne les escoute pas,
205 Qu'on prefere en ces lieux à nos douces Musettes
Les Clairons enrouez & les aigres Trompettes
Que de nos Flageolets les tons delicieux
Cedent aux sons aigus des Fifres odieux.
A l'exemple des Rois, à l'exemple des Princes
210 En ce temps dereglé se reglent les Provinces.
A la Ville, au Village, en nos Bois, en nos Champs
On se mocque, Daphnis, de nos plus doux accens,
Et personne aujourd'huy ne console nos Muses :
Languissantes d'ennuy, de tristesses confuses.

215 *Daphnis*, ARMAND *n'est plus* ARMAND *qui des*
    neuf Sœurs,
    Ayma si constamment les celestes douceurs,
    Qui combla de bienfaits ces filles de Memoire,
    Qui les combla d'honneurs, qui les combla de gloire.
    Daphnis, ARMAND *est mort, & l'Art des beaux*
    Esprits
220 *Ne reçoit de la Cour qu'opprobre & que mespris.*
    IVLES *qui par ses soins de nostre grand Monarque*
    *En la place d'*ARMAND *conduit la grande Barque,*
    Qui la sçeut guarentir de tant d'affreus rochers
    Inconnus au sauoir des plus sages Nochers,
225 *Et qui par ses conseils; par son ferme courage,*
    Lors que auecque les vents & les flots & l'orage
    Contre luy combatoient ses propres Matelots,
    A surmonte les vents & l'orage & les flots.
    IVLES *fuit nos Concerts, & ne voulant de gloire*
230 *Que celle qu'il reçoit des mains de la victoire,*
    N'estime des Bergers les plus doctes Chansons
    Que de vaines douceurs & d'inutiles sons.
    Le bruits de ses Tambours, le son de ses Trompettes
    Etouffent les accens de nos foibles Musettes.
235 *A peine seulement dans le champ des Gueriers*
    Rampe nostre Lierre au pied de ses Lauriers,
    Il faut aller, Daphnis, où le Sort nous appelle.
    Adieu, de nos Bergers Berger le plus fidelle.

DAPHNIS.

Donc cet Astre brillant, ce Chef-d'œuure d'Amour,
240 *Cette aymable Doris plus belle que le jour,*

Qui pourroit arrester l'Esprit le plus volage,
Qui pourroit captiuer le plus libre courage.
Pour qui les immortels abandonnent les Cieux
Ne pourra retenir Menalque en ces beaux lieux,
245 *Cette belle amitié d'eternelle durée*
A la jeune Doris si saintement iurée,
Doris pour qui ton cœur poussa tant de soûpirs,
Qui fut l'vnique objet de tes brûlans desirs,
Qui tira de tes yeux mille torrens de larmes,
250 *Qui le iour, qui la nuit te causa tant d'alarmes,*
Dont l'esprit merveilleux, dont les attrais divers
Ont esté mille fois le sujet de tes vers,
Cette belle amitié n'aura pas la puissance
De retenir Menalque aux lieux de sa naissance?
255 *Cette belle Doris, ce Miracle charmant*
Que Menalque en tous lieux suivit si constamment,
Qu'il suivoit sur les bords & de Marne & de Seine,
Qu'il suivoit sur les bords & d'Araise & de Maine,
Et qu'il auroit suivie au profond des Enfers,
260 *Ne pourra retenir Menalque dans ses fers?*
Apres ce changement, certes on le peut dire,
Il n'est rien d'assuré dans l'amoureux Empire:
Les sermens ne sont rien qu'vn discours decevant,
Les larmes que de l'eau, les soupirs que du vent.

MENALQVE.

265 *Des belles, il est vray, Doris est la plus belle.*
Son port majestueux n'est pas d'vne Mortelle.

La

La clarté de son teint & l'éclat de ses yeux
Surpassent la splendeur du bel Astre de‹ Cieux.
Les Zephyrs pour l'ouïr retiennent leurs haleines,
270 Et les Nymphes des Eaux le cours de leurs Fontaines.
Les Graces, les Attraits, les Charmes, les Appas
A toute heure, en tous lieux accompagnent ses pas.
En ses yeux, en sa voix, en sa taille, en son geste
Eclate la Grandeur, reluit vn air celeste,
275 Et comme elle est en terre vne Diuinité,
En foule les Mortels adorent sa beauté.
Des Belles, il est vray, Doris est la plus belle,
280 Mais des Belles, Daphnis, elle est la plus cruelle.
Ni des brûlans Estez les extremes ardeurs,
Ni des aspres Hyuers les extremes froideurs
N'ont rien qui soit égal aux ardeurs de ma flame,
Ni rien de comparable aux froideurs de son ame.
285 En vain donc pour Doris en ces aimables lieux
Me voudroient arrester tes soins officieux.
Des plus rudes climats les graces effroyables
Bien plus que ses froideurs me seroient supportables.
Non moins que nos malheurs, non moins que nos discors
290 Son orgueil, ses mespris m'éloignent de ses bors.
Doris, enfin, me chasse, & CHRISTINE m'appelle.
Adieu, de nos Bergers Berger le plus fidelle.

DAPHNIS.

De l'aimable Doris les charmes précieux
Auecque ses dédains te suiuront en tous lieux.
295 Ainsi le Cerf blessé courant par les Campagnes,
Trauersant les Forests, les Fleuves, les Montagnes,

Porte auec foy le dard qui luy perce le flanc,
Et qui luy doit rauir la vie avec le fang.
Ton ame fouffrira pour ta belle Inhumaine
300 Aux rivages du Nort comme aux rives de Maine,
Et tes yeux n'auront pas le plaifir nompareil
De contempler fes yeux plus beaux que le Soleil.

MENALQVE.

Ie l'auouë, il eft vray, fa beauté fans feconde
Me va fuiure en tous lieux fur la Terre & fur l'Onde.
305 Ses dédains me fuivront aux rivages du Nort:
Mais au moins en ces lieux j'auray ce reconfort
De ne point offenfer par ma trifte prefence
Ces yeux à qui les Rois doivent obeïßance.
I'aime, j'aime Doris, & l'aimeray toûjours.
310 La fin de mon amour foit celle de mes jours.
Parce qu'elle eft & fiere, & fuperbe, & cruelle,
Ie ne veux point, Daphnis, devenir infidelle.
Mais de tous les coftez dans ces prochains Hameaux,
Ie voy que nos Bergers raménent leurs Troupeaux.
315 Le bel Aftre du jour qui finit fa carriere
Va dans l'Onde voifine éteindre fa lumiere.
Trop aimable Daphnis, en cét aimable lieu
Reçoy de ton Menalque vn eternel Adieu.

F I N.

EXTRAICT DV PRIVILEGE DV ROY.

PAr grace & Priuilege du Roy, donné à Paris le 20 Decembre 1655 figné Guitauneau, il eft permis à GVILLAVME DE LVYNE, Marchand Libraire en noftre bonne ville de Paris, d'imprimer, vendre & debiter vn Liure intitulé, *Aduis à Monfieur Menage,* pendant le temps de neuf ans, à commencer du iour que ledit Liure fera acheué d'imprimer, Et defenfes font faites à tous autres de l'imprimer, ni vendre d'autre impreffion que celle dudit expolant, à peine de trois mil liures d'amende, confifcation des exemplaires, auec tous defpens, dommages & interefts, comme il eft plus amplement porté par lefdites Lettres de Priuilege.

Acheué d'imprimer pour la premiere fois le 20. Ianuier 1656.

Les exemplaires ont efté fournis.

Regiftré fur le Liure de la Communauté le 28. Decembre 1655. fuiuant l'Arreft du Parlement du 9. Auril 1653